グラウンドを駆けるモーツァルト

千葉 聡

角川書店

グラウンドを駆けるモーツァルト＊目次

装画　佐藤りえ
本文デザイン・装幀　南　一夫

グラウンドを駆けるモーツァルト

千葉　聡

あのころデニーズで

駅ビルの書店でめくる情報誌　君のマンガによく似たイラスト
イラストの隅に書かれた「シマモト」のサインで君の絵だとわかった

わかっていることなど少しも増えてないまま大学に入ったあの日

あの日、あの冷え冷えとしたパイプ椅子　入学式だけ着たあのスーツ

スーツには春の陽射しがうっすらと積もって春を嘘だと思った

「思ったこと言っていいい？　君、中学生みたいだ」と俺を笑った君は

君は「俺、シマモト。シマって呼んでくれ」馴れ馴れしさ全開の笑顔で

笑顔ではいられないことが増えてゆく　国文学史でDをもらって

もらっても俺には何も返せない　クラスの奴らと距離をおく夏

夏の月も濡れる真夜中　シマモトは俺をデニーズへと連れ出した

連れ出されデニーズの隅に座らされ辛いパスタを食わされた俺

「俺はさぁ、漫画家になりたいんだよ」シマの打ち明け話は熱く

熱い思いなどないふりで「小説を書きたい」と俺も話して夜明け

夜は明けて破れたジーンズの二人が下りてゆく線路沿いの坂道

道――たしか『こころ』のKが求めたもの　シマがマンガで描きたかったもの

ものにならず新人賞に落選した小説をシマだけには見せた

「見せてくれてありがとう。でも幼稚だな」俺の小説を馬鹿にしたシマ

シマモトの描いたマンガのあらすじがマンガ誌に載る「佳作」として載る

載ったのは応募原稿のワンカット　雑誌を囲み語らったカフェ

そのカフェもつぶれ最後の春　シマは卒業式に現れなかった

現れない正義のヒーローをからかうＳＭＡＰセカンドシングルを買う

また買った小説誌　どのページにも俺の名前はないと知りつつ

知っていること、できることとの差に悩み大学院に進んだ俺は

俺は何も知らなかったよ　シマモトが田舎で闘病していることも

こともなげな葉書が届く　シマモトに見舞いの長い手紙を書けば

書いて捨てまた書いて捨て小説をやめて短歌を始めた秋よ

秋色の歌誌の表紙に俺の名が載るたびシマに送りたかった

送り出した卒業生が増え、俺はいつしか教員歌人になった

歌人にはなったけれどもシマモトの熱い言葉が聞きたいよ　今も

今どうしていますか　シマのイラストの載った雑誌をかかえて駅へ

駅は冬　回送電車に誰ひとり照らさぬひかり満ち駅を去る

世界最強の大学教授

釈迢空にあこがれていた。二十一世紀に入る数年前、國學院大學の大学院に入学した。

（シャボン玉）働き貯めた百万は入学金へと（こわれて消えた）

新聞店の事務をしながら週四日、渋谷の大学院生となる

正門の脇に森ありその中に教授が一礼する神社あり

109《マルキュー》に寄ることはなく絶版の岩波文庫は肌身離さず

「千葉君は教育学部出身だ」教授は俺の無知を悲しむ

「千葉君はいい目をしている」ただ一人外間先生が味方してくれた

外間守善先生は沖縄歌謡『おもろさうし』の研究者。
そして日本最強の大学教授。

剛柔流空手八段、元国体選手のグレーの髪は輝く

真夏日の講義は五分で終わらせてアイスをくれた外間先生

恋歌よ　外間先生が取り上げる琉歌の恋は天に届く火

『おもろさうし』　海の向こうの楽園と神と人とを讃える歌よ

「難しい理論はもういい。君はどう思う?」と笑う外間先生

歌、絵画、小説、映画などすべて話題にできた　外間ゼミでは

「千葉君はいいことを言う」生意気な意見を喜ぶ先生だった

夏休みには大学院生たちを沖縄へ連れていってくださった。光る海、南国のグルメ、きらびやかな沖縄舞踊。そして、最終日に先生が連れていってくださったのは……。

前田高地　外間少年が生き抜いた激戦の地を撫でる熱風

丘の上で頭をきれいに下げながら俺の先生は祈っていたのか

外間先生は本郷三丁目に「沖縄学研究所」を開いた。

東大の赤門そばの沖縄学研究所　資料二万五千点

論文も書けない俺を研究員に迎えてくれた外間先生

「沖縄から平和をつくろう」講演で外間先生のマイクは震え

平和とは徹夜で論文五十枚書く老教授の瞳の中に

フィールドワークノートの隅に残された　外間青年の空色の字は

走り出せ、岩波文庫『おもろさうし』海をわたってゆくあこがれよ

外間先生は、『南島文学論』により角川源義賞を受賞された。

「文学は平和のために」先生が少年の顔になる祝賀会

「沖縄を世界に伝えてください」と先生の前で泣く人がいる

「千葉君は芥川賞を取れ」と言い花束を一つくれた先生

千葉は研究に行き詰まり、そこから逃げるように文芸誌の小説新人賞に応募し続けた。小説は思うように仕上がらなかったが、短歌を書き始めると手ごたえがあった。二十代最後の夏、短歌研究新人賞を受賞した。

新人賞受賞を告げると「よし次は芥川賞だ」と笑った先生

俺が歌集二冊出しても「よし次は芥川賞だ」と言った先生

俺の父は急病で亡くなった。その翌年、兄も同じ病気で
亡くなった。

焼香の人たちの中で一段と光る先生のグレーの髪は

「これからは私が君の父になる。兄になるよ」と先生は言った

千葉は教員歌人になった。四十代が終わろうという今も、明日の授業をどうしようかと悩む。歌人としてもまだまだ力不足だ。外間先生が亡くなってから五年が過ぎた。

若い人に短歌の魅力を伝えたい　しめきり前夜に書く短歌評

俺の書くものは平和に役立っているのか　強く打つ句読点

「よし次は」今も先生の声を聞く　何かに頭を垂れる深夜に

進路室は海

1　書類をかかえて廊下を走る

横浜市立桜丘高校で国語を教えている。「誰にでも元気に挨拶する」と「授業では生徒を笑わせる」を信条に奮闘しているが、ちょいちょい空回りしてしまう。生徒たちからは「ちばさと」と呼ばれている。数年前から進路室に机を置くようになった。

漫画によく出てくる「書類の束をかかえて廊下を走る」シーンなんて、現実にはほとんどない、と思われているようだが、実際は、あるのだ。

大学の最新情報、模試の結果、推薦入試の書類など、進路室には毎日、恐ろしいほど大量の（しかも、そのほとんどが分厚い）郵便物が届く。進路担当として新米のちばさとは、それらをかかえて進路室へ運ぶ。漫画では、誰かとぶつかって書類が散乱！　ぶつかった相手と恋におちるのだろうが……。現実には、誰もぶつかってこない。生徒たちは、よろよろ歩いている俺を心配して、「持ちましょうか」と声をかけてくれたり、道を空けてくれたり。

生徒は日々変化する。それに合わせて、必要な支援も変わる。進路室は海だ。生徒も先生も次々とやってきては、熱い人間ドラマが展開される。俺はそのなかを泳ぐ。仕事は波のように押し寄せるが、波間に空を見上げれば、思いがけない晴天に出会う。

桜丘高校の進路室には赤本（大学別過去問題集）がある。壁一面、『○○大学』と印字された背表紙が並んでいて壮観だ。赤本は一日だけ貸し出しているる。一学期の途中から、赤本を見るために進路室に来る三年生が増える。

「今なら無料で貸し出し中だよ」

俺がふざけると、生徒たちは大真面目に「じゃ、卒業したら有料になるの？」とツッコミを入れてくれる。

ある大学の赤本に小さなメモが挟んであった。

「これを見つけてくれた未来の人へ。未来はどうなっていますか？」

名前は書いていない。まるで映画『君の名は。』や『時をかける少女』のように、時空を超越する友情が成立したかもしれなかったのに、俺なんかが見つけてしまって、ごめんなさい。

2　小論文見ます

シンロとかシンロ室とか呼ばれるが本当は「進路指導室」です

シンロ室のドアに貼る「今なら無料（笑）小論文見ます　ちばさと」

コウスケの小論文を読む俺の隣でコウスケ真面目顔なり

愛されて古びてしまう　受験者数一位の明治の赤本ならば

進路主任クララ先生、質問に来た子とともに読むシェイクスピア

3　先輩

高校の部活では、先輩の存在は大きい。たった一年早く生まれただけなのに、練習や試合でてきぱきと指示を出したり、部員みんなをまとめたりして、先輩は偉大だ。

陸上部の副顧問としては、どんなに忙しくても一日に一回はグラウンドに行くようにしている。練習環境は大丈夫か、体調の悪い部員はいないか、先輩後輩の間でおかしな力関係は生まれていないか、大人として注意する必要があると思うからだ。だが、わが桜丘高校では、どの部でも先輩がしっかりしていて、じつにありがたい。責任感のある部長や副部長もいれば、涙もろい人情派の先輩もいる。

そういう頼りになる部員たちに走り方を教えてもらい、俺も走る。ダイエットのために走っているのに、部員から「ファイトー」なんて言われると、力いっぱい走るしかない。

教員の世界にも心強い先輩がいる。大きな大人になった俺だが、進路室のメンバーの中では、まだ新米だ。

進路主任のクララ先生には、「徹子の部屋」の徹子みたいな人間関係力がある。生徒がどんな相談を持ちかけても、真剣に聞き、熱く話し、励ましとともに送り出してくれる。

マヨネ先生は、学校でいちばんおしゃれだ。しかも毎日、周りの先生たちのいいところを見つけて、さりげなく褒めてくれる。情報科のシノハラ先生は、パソコンの不調も、仕事の屈託も解決してくれる。

この前、カバサワ先生に「ちばさとによる肩もみ券」をプレゼントした。俺がうまく進められなかった仕事を、いつもカバサワ先生は代わりにやってくれる。鶴の恩返しではないが、ちばさとの恩返しとして、肩をもんで差し上げようと思う。

教員の先輩も、偉大で、ほのぼのとしている。

4　ダッシュ

桜丘《さくらがおか》陸上部　夕焼け色のジャージが似合う二十七人

「陸上部関東大会出場」の幕に吹く風　夏は来ている

朝練に来ていたくせにホームルームに遅れそう　ダッシュする女子二人

男子部員三人が俺を呼びとめて「部をやめます」とそれだけを言う

「え？　なんで？」しか言えなくて「やめるな」と言うべきだったとあとで気づいた

思い出す　スタート前に光った肩、試合後に飲んだマックシェイクを

放課後になったばかりの図書館に『顧問入門』なんてないから

「やめるな」とようやく言えた　退部届出される二日前にようやく

第二顧問千葉には言わぬ理由あり　退部届のきれいな文字よ

屋上へ向かう階段　海色のペンキが剝がれている壁涼し

第二顧問千葉にも言えぬことはあり「ファイト」と叫びつつ走るのみ

長い長い放課後に繰り返されるダッシュ　清夜の始まるほうへ

走ることは音楽よりも音楽だ　トップスピードに入る瞬間

君の風をふと思い出す　校庭に人影はなく夜が濃くなる

5　徳川家康はカッコ悪い⁉

進路室前の廊下で、三年生たちがしりとりをしていた。「ツルゲーネフ」「藤原道長」「ガンジー」。どうやら「人名しりとり」らしい。「ジー」のあとが続かず困っているようなので、つい声をかけた。

「ジェイムズ・ジョイスはどう？」

「誰ですか、それ？」

困っていた少年が聞き返す。

「作家だよ。『ダブリン市民』を書いてる」

少年たちは「へぇー」という顔になった。

「ちばさと先生は作家だから、文学に詳しいんですよね」

いえいえ。俺は作家ではなく、正確に言うと歌人です。でも、「作家」と呼ばれて嬉しかったので「ありがとう」と答えた。

「それにしても、よくツルゲーネフが出てきたね」

「だって、国語便覧や世界史資料集に載ってたんで……。それで気になって、図書館で『初恋』を読んだんです」

　こういう話ができるのが、桜丘高校のいいところだ。図書館にいると「シェイクスピアの『タイタス・アンドロニカス』はありますか？」なんて聞いてくる子もいる。

　会議のあと、進路室でさっそく話した。

「今日、生徒たちが人名しりとりをしてたんですよ。それで思い出したんですが、中学校で社会科を教えてくれたT先生は、『テスト中、答えがわからなくても、空欄にはするな。空欄にするくらいなら、適当に何か書け。でもな、そこで徳川家康と書くのはカッコ悪いぞ』と言っていました。俺が『じゃあ、何て書けばいいいんですか』と聞いたら、先生は『そういうときは、和辻哲郎と書くんだ』と言ったんです」

　先生たちも「へぇー」の顔になった。カバサワ先生が言った。

「和辻哲郎が出て来るところがいいなぁ。カッコいい」

「でしょう？　それ以来『和辻哲郎ってカッコいいんだ』と思うようになって、高校生になって『古寺巡礼』を読んだんです」

カバサワ先生は笑った。

「その先生は、テスト対策を指導したんじゃなくて、読書指導をしてくれたんじゃないかなぁ」

あぁ、そうだったのかもしれない。人名や書名を機械的に暗記させるのではなく、T先生は、文化の香りをそっと伝えてくれたのだ。

6　土の記憶

長距離の選手ダイチが仰ぐ空　そこが故郷であるかのように

グラウンド整備　トンボは土に触れ土の記憶を呼び覚ましゆく

水道は水をかけあうためにある　カノ、ユウ、ユキナ、サエにとっては

グラウンドにモーツァルトがいる　大地からもらったリズムで今走り出す

ソウタ走れ！　光に満ちた空のその先を自分の目で見るために

自己新が出ても出なくても強靱な握手をくれるコバヤシ先生

星ひとつ名に持つ周星《しゅうせい》　友を呼び友に呼ばれて夕焼ける空

7　梅雨の味のジェラート

学校の帰りに、横浜駅の西口地下街へ。有隣堂で雑誌をチェックし、気になっていた新刊を二冊買う。

本を抱えて自由通路を行くと、「あ、ちばさと！」と呼ばれた。振り返ると、卒業生の男子だ。たしか、もう二十代半ばになるはずだ。

「お、久しぶりじゃん！　元気？」

「うん。まあまあ。それより、ちばさと、何かおごってよ」

平日の夕方なのに、彼はスーツ姿ではない。カバンも持っていない。服装が自由な会社で働いているのかな。それとも……。

近くにあったジェラートの店へ行く。二人とも、大きめのカップに二種類のジェラートを盛りつけてもらう。俺が「梅雨だから、梅雨っぽい味にしようかな」と、ストロベリーとイタリアンチョコレートを選んでも、彼は特に反応なし。ここは、「え？　梅雨っぽい味なんて、あるの？」とか「それが梅雨の味？」とツッコミを入れてほしいところなのに。

ベンチに並んで座り、「仕事は？」「あんまり面白くない」と話しただけ。彼は彼の、俺は梅雨バージョンのジェラートを黙って食べた。

これから渋谷へ行くという彼と別れるときに、俺は彼の顔をじっと見た。

「こうしてみると、まだ高校生に見えるよ。『なんで制服を着てこないんだ！登校時には制服着用だ！』って叱っちゃいそうだ」

そう言うと、彼はようやく笑ってくれた。

別れたあと、口の中に残るストロベリーの香りは、少し梅雨っぽかった。

8　いつか母が忘れてしまう歌

陸上部合宿へ発つ朝、母を施設に入れる　四日間限定《ショートステイ》で

楽寿苑と書かれた車に乗せられて母は真面目に手を振っていた

新潟へ行くバスの中たっちゃんがくれたチョコ、あぁ、母が好きな味

ちばさとは長距離走者のペース走の最後を↓↓↓↓《ずうっと》遅れて走る

練習用ミニハードルを「アリエッティのハードル」と呼んだ俺（ややウケた）

合宿は食いトレであり夕食はカラアゲ、ドリア、カツ、八宝菜

消灯後汗の匂いのロビーにて見る楽寿苑のホームページを

朝練の途中で降ってきた雨のせいでギュッギュと鳴るシューズたち

合宿は食いトレであり昼食はカレー（無限にお代わり可能）

ミーティングの途中でスマホが鳴り母が転んだことを報告された

一日早く合宿を切り上げて乗る特急　真面目に明るい朝だ

いつか母が忘れてしまう歌だけどわが詠む母の思い出の歌

9　大きなうちわを持って

九月の最初の土日は桜高祭《おうこうさい》（桜丘高校の文化祭）。大いに盛り上がったが、日曜日の午後は台風が急接近。予定していた後夜祭を取りやめ、生徒たちを早めに下校させることになった。

月曜日は、台風の影響で電車が止まり、休校に。職員総出で、校舎内に吹き込んだ水たまりを拭き、あちこちを修理した。

そして火曜日。生徒たちは登校し、文化祭の会場を片づけた。昼に閉会式を済ませたあと、午後になってようやく後夜祭が開かれた。名目は「後夜祭」だが、昼間に開催。しかも、予定されていたフォークダンスと打ち上げ花火は中止。体育館のステージで、ダンス部の演技と、ＳＢＣ（軽音楽部）の演奏だけが披露される。

こういうとき、桜丘の生徒たちは強い。「台風だったから、いろいろできなかったのは仕方ない」「できることをやって、精一杯楽しもう」と気持ちを切り替えている。

俺が体育館に行くと、もうSBCの最初のバンドの演奏が始まっていた。後夜祭全体が見えるように、会場の真ん中より後ろのほうに立った。

台風一過の快晴。気温も高いが、演奏に合わせて踊ったり叫んだりする生徒たちの熱気も相当なものだ。体育館の窓は開けられるだけ開けてあるが、ここに一分間、立っているだけで、服の乾いたところがなくなりそうだ。

たぶんかなり暑くなるだろうと予想していた俺は、大学の見学会でもらった少し大きなうちわを持っていった。

大騒ぎする生徒たちを見守りながら、自分の顔をあおぐ。あぁ、うちわ、最高！　たまらない。なんて涼しいんだ。顔も首も涼しくなり、ホッとする。ただただ、自分で自分をあおぎ続けた。

最初のバンドが終わると、「あちー」「めっちゃあっちー」と騒ぎながら二年生男子の一団がステージ前から、俺の立っているあたりに逃げてきた。演奏の間、踊り騒いでいた彼らも、あまりの暑さに降参したようだ。大笑いしながら「あちー」を繰り返している。俺はうちわで、彼らをあおいであげた。

「あ、ちばさとだ！　後夜祭、最高ですね」

気のいい彼らは、俺に笑いかけた。俺がもっとあおいであげると、全開の笑顔になった。

「ちばさと、やさしー！」

やがて次のバンドが始まった。彼らは俺に大声で「ありがとー」と言って、またステージ前に詰めかけた。

そこで、俺は再び自分をあおいで……、なんてできなかった。できるわけがない。

俺の近くには汗まみれになった生徒たちがたくさんいるのだ。少し歩きながら、いろんな子をあおいであげる。どの子も「お！」「おおっ！」と突然の風に驚き、俺だと気づくと、やはり「ちばさと、やさしー」などと言う。「やさしー」なんて言われたら、もっとあおがないといけない！

性善説なのか、性悪説なのか、よくわからない。だが、一つだけ言える。どんな先生も、生徒から「やさしー」と言われることで、優しい先生になり始めるのだ。

結局、最後のバンドの演奏が始まるまで、俺は場内を歩き回り、生徒たちをあおぎにあおいだ。

腕が痛い。もう汗だくだ。でも、不思議なくらい気持ちよかった。

体育館から出ると、大きなうちわは壊れていた。

10　パレード

K君に捧げる

そう、君はクラスでいちばん背の高い少年　文化祭準備で活躍

そう、君は書家だ　学生ホールには君の「夢」の字はためいていた

そう、君は歴史家　君しか借りてない本が並びに並ぶ図書館

ちばさとは熱い気持ちで漱石を語るが生徒は聞き流すだけ

眠すぎる五限のあとも君だけは「授業、面白かった」と笑う

クレッシェンド繰り返されて合唱コン前日練習きっぱり終わる

合唱のステージ最後列の君　ステージライトを押しかえす声

そう、君は真の歴史家　「歴史とはパレードだ」という名言を残し

放課後の教室の隅　曇り空は曇らせたまま眺める君よ

後夜祭、最後の花火、にわか雨　片手の傘で走る君たち

大学で教授と議論したことを君は賀状に誇らしく書く

君はまだ二十三歳　ツイッターＤＭで知る君の逝去を
夜明け前のカフェに流れるボーカルが今「パレード」と歌ったような

11　豚汁という魔法

「豚汁って、いつ、誰が発明したんだろうね」

「もしかしたら、発明したの、『トン・ジルーさん』なんじゃね？」

笑いながら、できたての豚汁を味わう三年生たち。さっきまで試験に集中していたぶん、豚汁のあたたかさに気負いも緊張も、ふにゃふにゃと解けていく。

例年、冬休みの最初の二日間は進路室主催で「センター・プレ」を行う。三年生の希望者を集めて、センター試験の練習会をするのだ。予備校などが販売している「センター予想問題集」を用意し、実際のセンター試験とほぼ同じ時程で問題に取り組む。

去年も一昨年も、先生方と保護者の方々とで、初日は豚汁を、二日目はお汁粉をつくった。午前中のテストが終了したら、食堂であたたかい汁ものをふるまうのだ。進路主任のクララ先生のアイディアで始めた、とにかく受験生たちをあたたかく励まそうという催しなのである。

毎年、材料費は校長先生が寄付してくださる。豚汁に入れる大量の野菜は、イシムロ先生のお父様の農園からいただだいた。ウブカタ先生の家庭菜園からもおいしい材料をいただだいた。みなさま、本当にありがとうございます。

俺は朝早く調理室に行き、巨大な寸胴鍋でお湯を沸かす係だ。冬休みに入ったばかりの朝、校内はしんと静かで、ガスの火を見ているうちにだんだんあたたかい気持ちになってくる。

学校では、本当にいろいろなことがある。悪人は一人もいないし、みんなそれぞれに頑張っているのだが、どうしてもうまくいかなかったり、辛いことがあったりする。でも、せっかく出会った同士、みんなでなんとか乗り越えていきたい。この鍋の中身のように、みんなが集まって、それぞれの味を出し合って、とてもいいものになっていけたら、どんなにいいだろう。

桜丘の豚汁。いつかみなさんにもご賞味いただきたい。

12　空に波

文化祭の末のゴミなるベニヤ板「進」「路」「室」の看板となる

小論文大好きクラブを始めれば会員第一号日々希《ひびき》くん

慶應の過去問を見て固まったちばさと（頑張れ俺、頑張れ俺！）

五限古典終えてサキ、ミユ、オキリョウの小論文を直せば夜に

過去問を見れば悩みはまた生まれ上履ききれいなままのあの子は

悩んでいたことを話して顔上げて礼儀正しく去るマユだった

どの世界の果てにも進路室はあり悩みを一つ聞いてくれるよ

冬枯れの枝に刺された夕焼けはせめて光を踊らせてみる

テルオ先生《さん》、生徒にきっちり注意してきっちり元気づけてから帰す

大学の募集要項整理して窓には光ばっかりの空

口癖が「まあそうよね」のイケメンを生徒は「マヨネ先生」と呼ぶ

「ねえマヨネ、ねえマヨネ」って今日だけで三回愚痴をこぼしに来た子

黒板の隅「センターまであと〇日」それが「卒業まで」に変わって

この空に波はあふれて窓ガラス大きく揺れる冬から春へ

13　その後の日々

卒業式を終え、国公立大の入試が一段落つくと、急に暇になる。今まで毎朝、「小論文を見てください」と生徒たちが押し寄せていたのに、もう誰も来てくれない。進路室の赤本を借りに来る子もいない。だが、「遅れてすみません」と返却に来る子は多く、書棚には赤本があふれている。

もちろん、通常の仕事は続く。一、二年生の学年末試験があるし、どの先生が異動する、という話題で心が騒いだりもする。それなりに忙しい。でも、せっかくいろいろな話ができるようになった三年生がいなくなったことは大きい。声を大にして言いたい。みなさん、本当に急に全員が一斉にいなくなっちゃうんですよ！　生きていく上で、こんなに大きな変化が、他にありますか？

進路報告や、来年度の『進路の手引き』に載せる合格体験記を提出するために、たまに三年生（いや、正確にはもう卒業生）の誰かが来校してくれると、仕事の手をとめて「よく来てくれた」「飴があるよ」「チョコレートもあるよ」と熱烈歓迎してしまう。

通常業務も会議も終わると、また暇になる。国語教師ちばさとは、図書館に行く。桜丘高校の図書館は、校舎から離れて建っている。閲覧室は広く、小さな森や弓道場も見渡せる。

来年度の授業のために、読まなければいけない本がある。だが、つい文学コーナーをうろうろし、面白そうな小説を手にしてしまう。久保寺健彦の『青少年のための小説入門』は面白かった。ヤンキーの登と、真面目少年の一真。二人がコンビになり小説家をめざす物語。引き込まれて一気に読んだが、途中から「この一真って、なんだか○○に似てるなぁ」（この「○○」にはいろいろな卒業生の名前が入ります）と思うようになり、読後、泣いてしまった。「よし、立ち直るぞ！　明るい俺に戻るぞ！」と思って、幸田文の『おとうと』を読み返した。すると、主人公げんの弟が、健気で、いとおしくて、途中から「この弟って、なんだか○○に……」（先ほどと同様）。

こうなったら、とにかく仕事！　仕事だ！　俺は、進路室の掃除を始めた。

14　T先生、最後の日

同僚のT先生はわが恩師　ときどき「千葉君」「千葉」と呼ぶなり

千葉君は四十過ぎてもときどきはT先生に怒られている

八組の最後の授業で披露した最後のギャグに苦笑と拍手

集会へ流れる列の最後の子だけは桜を見あげて歩く

定年のT先生が片付ける岩波新書の背は日に焼けて

「千葉君は学べ」と最後に先生がくれた茂吉の『万葉秀歌』
行く春は行かせるしかなく背表紙のわずかな窪みにまた触れている

トモロウ

許すとき　許されていることにまだ気づいていないとき　咲く桜

おみくじか？　桜の枝に結ばれた5点のテストは風にあやされ

宿題をわざと忘れたトモロウは窓全開で風を呼びこむ

月曜の朝なら虹が出ていても無視して単語テストするのだ

国語教師ちばさとが胸に抱いている『完全マスター古典文法』

「ちばさとは大人代表ぶった顔するからキライ」とつぶやくトモロウ

「もう俺は発言なんかしないよ」と指名を拒否する十六歳は

先輩を「センパ」と呼ぶのが流行ったが三日もたてば初夏、薄曇り進路希望調査プリント白ければ白いほど嘘っぽくなるの、なぜ？

表紙には「数学」とだけ　記名なし　二ページ半で終わったノート

ちばさとの机は進路室の隅　赤本貸し出しファイルが置かれ

トモロウのシャツのボタンがとれたのをアコは二分で縫い付けてしまう

七月の陽射しと白い夏服の他には何もない屋上で

鉄柵を叩けばドレミは鳴るけれどもっと遠くにある　空も詩も

合宿の夜、コンビニへとただ歩く自分のシャツの匂いの風だ

意味のないことがしたくて夏休み最後の夜に開く『白鯨』

文化祭準備で使うマーカーを貸したら「あざッ」と言ったトモロウ

段ボールを塗ってレンガの壁にしたアコは「ぱねぇッス」と褒められている

後夜祭のフォークダンスが嫌で嫌で手と手の間に光を生んだ

文化祭会場の仕切りであったことを誇ってクラスに帰った机

期末テスト記名欄には「友郎」でなく「Tomorrow」と書く十七歳

＊

＊

＊

コロナ自粛二か月になればあの夏はもう二度となく、もうどこにもなく

世界中の言い出せなかったことばたち　無人のグラウンドに降る花よ

明日のあとに

二〇二〇年三月、コロナウィルスの感染拡大により、多くの学校が休校となった。

明日から休校　テストも生徒会行事も時のはざまに捨てて

なんか耳が大きくなった気がするがマスク捨てまた別マスクつけ

生徒からメール「いつから学校は始まりますか」午前二時半

真夜中にジョギング　やがて着古した肌着の色の朝が来るのだ

学習動画を撮影し、ネットで配信することになった。

「青年が檸檬にひかれた理由」などを二時間語り、すべて消去する

新規感染者が減ってきて、六月から授業が再開された。

教室に十八人だけ座らせて三十分間授業を始める

質問の声も答えるわが声もマスクの中でくぐもっている

文科省が示す方針どおりに、校内の消毒をし、生徒同士が向かい合う場面を極力減らし、課外活動も中止した。生徒たちは、学校の新ルールに合わせて、よく協力してくれる。だが、ニュースをチェックするたび、新規感染者は増え続けている。学校の、今のやり方が本当に正しいのか。本当に生徒たちを守ることができているのか。迷い、悩む日々だ。

教育は政治の言葉で曲げられる　帆のない船のような日本で

白マスクの上の静かな目を見れば、なんとかしなきゃ、しなきゃ、と思う

変化にとまどいながらも、なんとか学校を続けていく。生徒たちの学ぶ機会を守るために。七月に入ると部活も始まった。

「グラウンドがやわらかい」って笑う子がいる　陸上部、今日再始動

練習が始まる　聖書の冒頭に書かれた光が満ちる放課後

まだ何も終わっていない　夏の匂い　駆けだそうとする背中が光る

若くなっていく兄——あとがきにかえて

兄は体が大きく、高校に入学すると巨大なバイクを乗りまわし、よく父と言い争うようになった。

俺はクラスで背の順に並ぶときには、前から三人目くらい。中学三年生になっても、近所のおばさんから「聡くん、来年は中学生ね」と言われた。

見た目は変えられない。行動で勝負するしかない。

兄が自分らしさにこだわって外で遊んでいる間、地味な次男は母の手伝いをし、父の話し相手になり、大人の本を読み始めた。

ある日、高校卒業を控えた兄は、父にケンカを吹っかけた。

「俺は長男だから、うちの店を継がないといけない。そのプレッシャーがあるから、せめて今は思い切り自由にさせてもらいたいんだ」

兄は大学入試にすべて落ちていた。父に代わって、俺は立ち上がった。

「兄さんは今まで一度も真面目に勉強してない！　いつもバイクに乗ってばかりでさ。努力して大学に行けば、好きな道が選べたはずなのに。全部が全部、長男に生まれたせいにするな！」

文弱な次男は、夢や理想を描いた児童文学にささえられて育った。『クオレ』や『飛ぶ教室』の世界の住人としては、父が一方的に責められるのを見過ごせなかったのだ。

でも、下が上に意見するのは難しい。兄は家を飛び出した。身のまわりのものだけをスポーツバッグに詰め込んで、巨大なバイクをうならせて、ほとんど家出のように。

その後、兄は無理な生活の末に体を壊し、右半身に麻痺が残った姿で、静かに家に帰ってきた。俺は大学院生になり、短歌研究新人賞をとり、本を出し、横浜市の教員になった。

一度、テレビの「ＮＨＫ歌壇」に出演したとき、親は大喜びしてくれたが、兄はその番組の放映中、自分の部屋にこもっていた。

兄の体調は悪くなる一方。母は大型テレビもパソコンも、望まれるままに何でも兄に買い与えたが、兄は「そうされて当然だ」という顔で、お礼も何も言わない。父が急病で亡くなった翌年、兄も同じ病気になり、緊急入院して数日で亡くなった。

救急車が運んでくれたのは、鎌倉の巨大な病院。付き添いで疲れた母を家に帰したため、兄の最期を看取ることになったのは俺だった。

兄の枕もとで、兄が読まないような海外文学の分厚い文庫本を読み、夜遅くなってから、食事をとるために少しだけ病室を離れた。兄は「お前の見ている前なんかで死ぬもんか」とでも言うように、そのわずかな隙に亡くなった。俺が病室に戻ると、兄は静かになっていた。文庫本に挟んだ栞は、その日から動かしていない。

弟は結婚して家を出たため、今、俺は母と二人で暮らしている。

横浜市立の中学校で生徒とのやりとりに苦しんでいたとき、なぜか兄が夢に出てきた。

「お前は理屈を言ってばかりだ。理屈で生徒を追い詰めるな」

麻痺の残る口を懸命に動かして、兄は文句をつけてきた。大いにむかついたが、その意見は正しい。俺の悪いところを指摘している。その後、俺は教員としての自分のやり方を、大いに見直すことになった。

やがて高校で教えるようになり、気を張っていたある夜、また兄が夢に出てきた。

「あ、兄さん、元気そうだ。ちょっと若くなったみたいだね」

兄は、病気になる前の姿に戻っていた。

「聡は気負いすぎなんだよ。もっと気持ちを楽にすればいいのに。余裕のある先生のほうが、生徒に好かれるんだぞ」

久しぶりに兄の笑顔を見た。

数年たって、二つ目の高校に移り、かなり忙しくしていると、また兄が夢に出てきた。

「兄さん、ずいぶん若くなったね」

兄は、高校生くらいにしか見えない。

「バイクには乗らないの？」

「バイクはもう飽きた。今は、お前に負けないように本を読んでる。お前の書いた本を読ませてくれ。短歌の本って難しいだろ？　もっとわかりやすくて面白いものを書けよ」

兄は笑いながら言った。

「ハリー・ポッターみたいなベストセラーを出して、大儲けして、母さんに楽をさせてほしい。俺にはできないことだから、聡が実現するんだよ」

出版社の編集さんと相談し、短歌連作とエッセイとを組み合わせた『飛び跳ねる教室』、『今日の放課後、短歌部へ！』、『短歌は最強アイテム』という三冊を出版した。

どこかで兄は読んでくれただろうか。面白いと感じてくれたかな。

この次は、どんなに若くなって現れるだろうか。

初出

あのころデニーズで……「短歌研究」２０１８年６月号・２０１９年４月号
世界最強の大学教授……「現代短歌」２０１８年８月号／「琉球新報」２０１９年1月26日
進路室は海
　エッセイ……「読売新聞教育ネットワーク」連載「進路室は海」より
　短歌連作…… 角川「短歌」「短歌研究」「読売新聞」「歌壇」など
トモロウ……「ねむらない樹　５号」２０２０年夏号／「短歌研究」２０２０年５月号
明日のあとに……「短歌研究」２０２０年5月号
若くなっていく兄……「かばん」２０１９年12月号

作品を収録するにあたり大幅に加筆、修正し、再構成しました。

付記

きれいな一冊に仕上げてくださった角川「短歌」の矢野敦志さん、石川一郎さん、打田翼さん、桜丘高校を取材して表紙絵を描いてくださった佐藤りえさん、本当にありがとうございました。

エッセイ「進路室は海」の連載を力強くささえてくださった読売新聞の橋本弘道さん、小屋敷晶子さんに、心より御礼申し上げます。

本書は、短歌一六九首を収録した、著者の第七歌集になります。

著者略歴

千葉 聡（ちば・さとし）

1968年生まれ。歌人。横浜市立桜丘高校教諭。
第41回短歌研究新人賞を受賞。
著書に『飛び跳ねる教室』（亜紀書房）、
『今日の放課後、短歌部へ！』（KADOKAWA）、
『短歌は最強アイテム』（岩波ジュニア新書）、
『90秒の別世界』（立東舎）など。
編著に『はじめて出会う短歌100』（短歌研究社／講談社）
など。
三省堂国語教科書編集委員。
國學院大學、日本女子大学講師。

グラウンドを駆《か》けるモーツァルト

初版発行　2021年 1 月25日

著　者　千葉 聡
発行者　宍戸健司
発　行　公益財団法人 角川文化振興財団
〒359-0023　埼玉県所沢市東所沢和田3-31-3
ところざわサクラタウン 角川武蔵野ミュージアム
電話 04-2003-8717
https://www.kadokawa-zaidan.or.jp/
発　売　株式会社 KADOKAWA
〒102-8177　東京都千代田区富士見2-13-3
電話 0570-002-301（ナビダイヤル）
https://www.kadokawa.co.jp/
印刷製本　中央精版印刷株式会社

 ISBN978-4-04-884399-7 C0092